Renate Fabel, zu Beginn des Zweiten Weltkrieges in Berlin geboren, sammelte zunächst in Buchverlagen und bei Zeitschriften berufliche Erfahrungen, ehe sie ihren ersten Roman »Meines Mannes Tochter« veröffentlichte. Inzwischen hat sie elf Bücher geschrieben. Seit zwanzig Jahren arbeitet Renate Fabel als stellvertretende Chefredakteurin bei »Madame«. Besonders ihre Leitartikel haben einen großen Leserkreis gefunden. Sie ist mit dem Graphiker Hans Fischach verheiratet, lebt in München, liebt Katzen, Reisen und, wie sie sagt, »viel zu viele Sportarten«.

Von Renate Fabel sind außerdem erschienen:

Ich war Cleopatras Lieblingskatze/Minou (Band 1689)
Verlieb dich nicht in einen Italiener (Band 2899)

Dieses Buch wurde auf chlor- und säurefreiem Papier gedruckt.

Vollständige Taschenbuchausgabe September 1993
Droemersche Verlagsanstalt Th. Knaur Nachf., München

Umschlaggestaltung: Adolf Bachmann
Umschlagillustration: The Image Bank, München/Daniel Kirk
Druck und Bindung: Ebner Ulm
Printed in Germany
ISBN 3-426-60026-9

2 4 5 3 1

Renate Fabel

Fritzi

Die Müllerkatze
von Sanssouci

Mit Illustrationen
von Hans Fischach

Knaur

Musterung

»Schwarz und weiß, das ist gut preußisch, der kann bleiben«, brummt eine tiefe Stimme. Scharfriechender Atem fährt mir ins Gesicht, zwei derbe Fäuste packen mich. »Aber in den Mühlbach mit dem anderen Kroppzeug, noch mehr unnütze Fresser kann ich nicht gebrauchen.«
»Aber nee doch, Vater«, bettelt eine kleine Stimme. »Ich füttere sie auch selbst durch, mit meinen eigenen Groschen. Bestimmt.« Die kleine Stimme klingt weinerlich.
»Eigene Groschen? Gibt's gar nicht, sind alle meine. Nee, nee, habe selbst acht hungrige Mäuler zu stopfen, ist mehr als genug in den lausigen Zeiten. Wo denkste hin? Zweimal im Jahr legt uns die Trine eine Ladung Junge zwischen die Mehlsäcke, die kann's einfach nicht lassen. In den Mühlbach, Junge, sage ich dir, aber ein bißchen plötzlich!«
Wasser tropft auf mich, das ist der Junge, der laut heult. Seinem ganzen Kummer läßt er freien Lauf. Dabei wird mein Fell ganz naß, klebt eklig. Ich schreie wütend auf, schlage ihm meine Krallen in die Hand. Da läßt er mich erschrocken fallen, auf die harten Säcke, daß es nur so knallt. Eine ziemlich unsanfte Landung!

Mehltaufe

Heulend greift er nach meinen Geschwistern, die um mich herumwimmeln, stopft sie unter seine Jacke, stürzt davon. Endlich Frieden! Jetzt kann ich in aller Ruhe weiterschlafen. Aber denkste! Der Alte poltert heran, nimmt weißes Pulver, das aus einem Loch im Sack rinnt, schmeißt es mir lachend mitten ins Gesicht. Ich schnupfe, strample, niese. Ist die ganze Welt mit einem Mal weiß?

»Fritze sollste heißen«, knurrt er dazu, »so wie unser König. Und zapple bloß nicht so herum, das kann der auf den Tod nicht leiden. Entweder preußische Disziplin, oder du landest im Mühlbach wie die übrige Bagage. Kapiert?«

Mühlengeklapper

Endlich hab' ich meine Mama für mich allein, muß sie nicht mit vier anderen Mäulern teilen. Aber statt sich ordentlich um mich zu kümmern, so wie sich das für eine anständige Mama gehört,

kramt die Madame zwischen den Säcken herum, wimmert zum Gotterbarmen. Herrjemine, dieses Weibergejammer! Der wird doch das Kroppzeug nicht fehlen?
Ich beschwere mich so lautstark, bis sie ihre Kramerei einstellt und mir endlich zu trinken gibt. Gierig nuckle ich, kann gar nicht genug kriegen. Selig schlummere ich in ihrem Arm ein, fühle noch, wie sie mir das weiße Pulver von den Augen leckt. Alles ist friedlich, warm, die Welt wieder angenehm dunkel.
Wenn bloß das schreckliche Klappern nicht wäre! Über mir klappert es, rumpelt und quietscht es, bloß nicht so lustig wie die langschwänzigen Huscher, wenn die Mama mit ihnen spielt. Es zerrt fürchterlich an den Nerven. Mein Schicksal: Ich kriege das Klappern ein Leben lang nicht los. Es ist die Windmühle, wie ich später erfahre.

Zuchtmeister

Trinken und schlafen, auf das Klappern über mir hören und die Ohren spitzen, wenn sich die Bagage von grauen Huschern über das weiße Pulver hermacht, genügt mir auf die Dauer nicht mehr. Ich will Neuland entdecken. Die Mama sieht das gar nicht gern. Mit der Pfote langt sie aus, wenn ich mich zu weit von ihr entferne. Die kann vielleicht zuhauen? Donnerlittchen! Über der Nase habe ich einen saftigen Kratzer.

Aber da paßt noch jemand viel mehr auf mich auf, das ist der heulende Junge. Er heißt Willy. Aber heulen tut er jetzt überhaupt nicht mehr, im Gegenteil! Dauernd drückt und zerrt er an mir herum, daß mir ganz schwummrig wird, würde mich am

liebsten den ganzen Tag in seiner dreckigen Joppe herumschleppen. Aber da hat Gott sei Dank der Müller, sein Vater, ein strenges Wörtchen mitzureden. Der schnauzt ihn an, Säcke mit dem weißen Pulver, »Mehl« sagen sie dazu, zu schleppen. Und wenn er damit fertig ist, muß er mit den kreischenden Bälgern spielen.
»Dabei spiel' ich doch viel lieber mit dir, Fritzi«, flüstert er mir ins Ohr. (Aha, jetzt also Fritzi!) Rührend. Probeweise kaue ich an seinem verfilzten Haar, rutsche dann an seiner Hose herunter, um doch besser an einem Strohhalm zu knabbern. An der Wand ist ein Viereck, dadurch schimmert Licht. Was sich wohl dahinter versteckt?

Teilsieg

Jetzt weiß ich's genau. Sand versteckt sich dahinter, lauter Sand. Das ist die große, weite Welt, in der sich die Mama immer herumtreibt, bevor sie dann erschöpft an meiner Seite einschläft. Die Zeiten haben sich nämlich inzwischen gewaltig geändert: Die Mama ist müde, und ich bin quicklebendig. Fauche böse die Kanaille von geschecktem Kater an, der seinen dämlichen Bumskopp durch das helle Viereck steckt. Madame hat das mächtig geärgert, aber da war's schon zu spät. Davongeschlichen ist er mit eingezogenem Schwanz, der Feigling!

Ich brauche jetzt überhaupt keine Mama mehr – und eine schläfrige schon gar nicht. Ich bin groß genug und will hinaus aus dem dunklen Loch mit den vermaledeiten Huschern, die sich von mir partout nicht anfassen lassen. Dabei riechen sie so lecker. Zum Fressen fein.

Bauchlandung

Mutig tappe ich hinaus durch das helle Viereck und mitten hinein in den Sand. Eine kräftige Ladung fliegt mir entgegen, schwappt mir mitten ins Gesicht. Ich huste, friere, flüchte unter einen dürren Stecken mit grünen Nadeln dran. Ganz schön hart, dieses Dasein. Erst jede Menge weißes Pulver, jetzt graues, aber viel gröber.

Doch allmählich erhole ich mich, blinzle in den Feuerball, der mir fast die Augen ausbrennt. Auf dem dürren Stecken, der sich im Wind biegt, hockt eine flattrige Gestalt mit gelbem Schnabel, kreischt sich das Herz aus dem Federbalg. Dem werd' ich Zunder geben! Wütend nehme ich Anlauf, springe und treffe – blaue Luft. Der Federbalg hat sich verdünnisiert, kreischt auf einem anderen dürren Stecken weiter. Donnerkeil! Und an der Tür steht der grobe Alte, hält sich den Bauch vor Lachen.

Königlicher Befehl

Das Lachen vergeht dem bald. Denn wenige Zeit später – ich hab' mich inzwischen an Sand und Sonne gewöhnt, auch schon mal einen Federbalg erwischt – macht es trapp, trapp, trapp. Erst in der Ferne, dann ganz schnell näher und näher. Ein scheckiges Riesentier sprengt heran, mit einem feinen, vornehmen Reiter drauf.

Der hat einen mehligen Zopf, der ihm im Nacken wippt, einen dreieckigen Hut, und in der Hand hält er ein großes weißes Papier. Das reicht er dem Alten, der, einen Brotkanten zwischen den Zähnen, ganz verdattert aus seiner Klappermühle tritt und die Mütze vom Kopf reißt. Dabei fällt ihm der Brotkanten aus dem Maul.

»Nimm Er das und richte sich danach. Aber ein bißchen plötzlich. Allerhöchster Befehl Seiner Majestät des Königs«, schnarrt der feine Mensch. Mit weißen Handschuhen hält er sich die Nase zu, denn irgendein Geruch – der Misthaufen, der Dung vom Esel oder der Alte selbst? – scheint ihn höchst zu indignieren. Dann reißt er das Riesentier herum, das aufgeregt schnaubt, haut ihm die Stiefel mit den blinkenden Rädchen in die Seite und ist verschwunden. Sand wirbelt hinter ihm auf, vernebelt mir die Aussicht.

Schnitzeljagd

Ein gewaltiger Schock. Muß mich erst mal davon erholen. Vorsichtig schleiche ich an den völlig verdatterten Alten heran. Wenn er auch meistens ziemlich rauhbeinig mit mir umspringt, irgendwie brauch' ich jetzt ein bißchen Schutz. Wo Mama und Willy doch gerade nicht da sind und ich mich so alleine fühle. Außerdem lockt mich der Brocken von einem Brotkanten. Aber der Alte hat Lunte gerochen. Bevor ich den Kanten noch näher beäugen kann, versetzt er mir einen Fußtritt. Aber gleich so derb, daß mir Hören und Sehen vergeht. Wie ein Kienapfel schieße ich durch die Luft.

»Fritze, Fritze«, brüllt er dazu, »den Namen kann ich heute nicht mehr hören. Meine Mühle will der mir nehmen. Die den Vogels seit Generationen gehört, immer anständig betrieben wurde. Und bloß, damit sein vermaledeiter Lustgarten noch größer wird. Aber da haben sich die hohen Herren verrechnet. Nur über meine Leiche!«

Dabei zerreißt er das weiße Papier, wirft die Schnitzel in die Luft. Sie flattern in alle Richtungen. Mit dösigem Kopf jage ich dem größten hinterher, bilde mir ein, es sei ein Kohlweißling.

Misere

Mit dem Alten ist fortan schlecht Kirschen essen. (Dabei hängen die fettesten dunkelroten Kirschen am Baum. Jeden Morgen finde ich ein paar davon zermanscht am Boden, sieht aus wie nach einer Metzelei. Sollen sich die Federbälle ihren Magen damit vollschlagen, kommt letzten Endes doch mir zugute.) Willy vertrimmt er mit dem Riemen, weil der einen Karren mit Körnern in den Dreck kippt, seine Madame schnauzt er permanent an, und meiner Mama drohte er, sie vor die Tür zu setzen, falls sie wieder mit einer Ladung Kleinzeug aufkreuzt. Was die sich prompt zu Herzen nimmt. Seit der Zeit ist sie verschwunden.

Jetzt bin ich der alleinige Mäusefänger der Mühle von Sanssouci. (Mache meinem Titel auch alle Ehre, gestern waren es Stücker neun, die ich dem Alten säuberlich vor die Füße legte.) Aber wie lange währt der Frieden? Andauernd halten immer neue Pferde mit immer neuen Kurieren vor unserer Mühle, gehen die weißen Blätter hin und her.

»Zum letzten Mal nein«, schreit der Alte, knallt die Tür zu. Die Mühle klappert, der Mühlbach rauscht, und ich knabbere an einem schäbigen Wurstzipfel, der einem Kurier aus der Rocktasche fiel.

Nachtpatrouille

Was schert mich das Gezeter und Querulantentum, ich will die Welt entdecken. Muß doch ein gutes Stück größer sein als nur die Mühle mit dem winzigen Garten, der zerfallene Hof und die Steinwüste drumherum. Vorsichtig schleiche ich den Sandweg entlang, drücke meinen Bauch dabei dicht gegen den Boden. Überall hört man wildes Geknalle, fallen die Flattermänner wie die Steine vom Himmel. Einmal rennt auch ein Meister Lampe heulend an mir vorbei. Nichts wie in Deckung!
Für meine nächste Patrouille suche ich mir die Nacht aus. Besser so. Kein Stern am Himmel, keine Glühwürmchen, nur der Mond, rund und bleich wie Willys Käsegesicht. In den Büschen knackt es, ganz schön laut. Das können keine Mäuse sein, die Leisetreter, auch keine Karnickel, nein . . .
Zwischen den Bäumen tritt ein gewaltiges Tier heraus, fast so groß wie ein Pferd, aber ohne einen Menschen drauf. Dafür trägt er auf seinem Kopf ein fürchterliches Durcheinander von Ästen und Zweigen. Ein lebender Baum? Der Baum legt seine Krone in den Nacken, brüllt . . .
Menschenskind, da ist mir ja das Gebrülle vom ollen Müller noch lieber! Nun aber die Beine in die Pfoten und ab in Richtung Heimat!

Exerzierschritt

»Du stolzierst ja wie einer von den langen Kerls, dem Leibregiment vom alten König«, lacht Gustav, der Müllerknecht, als ich über den Hof marschiere.
Doofkopp! Ich ziehe doch meine Beine nur so hoch, um nicht bis zu den Knien durch die sandigen Dreckpfützen zu latschen.
Zwei Tage und Nächte hintereinander hat es nämlich wie aus Müllkübeln gegossen, der Mühlbach ist übergetreten, alles steht unter Wasser. Eine Riesenschweinerei (und nicht nur, weil es eine Mäusefamilie, der ich seit Tagen den Garaus machen wollte, dabei feucht erwischte. Tropfnaß treiben sie an mir vorüber, zwei Alte und ihre Bälger, die Nagezähnchen grinsend entblößt. Machen sich wohl noch lustig über mich, weil sie mir quasi entkommen sind?!).
Das scheußliche Wetter hält an. Die ganze Welt versinkt im Regen. Einmal bimmelt die Kirchenglocke gottsjämmerlich, da sind, wie Willy greint, zwei Kinder im nahen Fluß ertrunken. Vom Müller ist keins darunter.
Inzwischen habe ich mir angewöhnt, permanent im Stechschritt zu marschieren. Meine persönliche Note!

Königsvisite

Gestern hab' ich ihn gesehen, den König Fritz, meinen Namensvetter. War für mich der bisher aufregendste Tag und für den Müller wohl auch. Diesmal hielt nicht bloß ein Pferd vor der Mühle, sondern gleich Stücker vier, die einen großen schwarzen Kasten auf Rädern zogen. Davor trabte noch ein Pferd mit Reiter und eins hinterher. Ein Aufruhr war das, meiner Treu! Leo, der Kettenhund und mein ergebener Freund, hat sich fast die Zunge aus dem zahnlosen Maul geblafft.
Der Zug kam vor der Mühle zum Halten. Flugs stürzt der Alte heraus, die Madame mitsamt ihren acht Bälgern hinterher, das Jüngste davon am Rockzipfel der Mama. Wie auf Kommando sind sie in die Knie gesunken, haben nicht mehr gewagt, einen Muckser von sich zu geben. Mich hat der ganze Aufmarsch überhaupt nicht beeindruckt. Vielmehr war ich hundemüde. Seelenruhig bin ich über den Hof marschiert, immer schön die Beine hoch, geradewegs auf Leos Hütte zu.
Da hat eine helle Stimme gelacht. »Eine echte Soldatenkatze hat Er da, Müller. Fein, fein, so was sieht ein Preußenkönig gern. Aber sonst versteht man sich hier wohl nicht auf Gehorsam, he?« Jetzt hat die Stimme mit einem Mal geknarzt. Klang wie der Wetterhahn auf unserem Dach.

Revolte

So leicht läßt sich ein echter Preußenkater nicht aufhalten. Schon gar nicht, wenn er Fritzi heißt. Erst vor Leos Hütte bleibe ich stehen, lecke mir nachdenklich den Hals, drehe mich in aller Gemütsruhe um.
Ein kleiner Herr mit einer Hakennase, so groß wie ein Habichtsschnabel, und mehlweißem Zopf, in einem prächtigen Mantel und mit langen Botten an den Beinen, steigt aus dem Kasten, stolziert direkt auf den Müller zu. Kurz davor wendet er den Kopf, zwinkert mir zu. Dabei sehe ich seine Augen, große, leuchtende, strahlendblaue, so wie die Regenpfützen um die Mühle herum, wenn sich der Himmel darin spiegelt.
»Weiß Er wohl, daß ich Ihm seine Mühle nehmen kann, ohne einen Groschen dafür zu geben?« schnarrt der kleine Herr den Müller an. Der beißt sich auf die Lippen, kaut an seinem Bart. Seine Madame, die Zeterjule, pufft ihn in die Seite. Da holt er tief Luft. »Ja, Euer Majestät, wenn das Kammergericht von Berlin nicht wäre«, sagt er dem König ins Gesicht.
Der kleinste der Rotzbälger versteckt sich greinend in der Schürze der Müllerin. Während der Reiter auf dem ersten Pferd entsetzt die Augen verdreht. Ich muß dauernd hingucken, so komisch sieht das aus.

Gezeter

»Oje, jetzt gibt's bestimmt ein königliches Donnerwetter«, denke ich mir.

Aber Pustekuchen! Der König Fritz sagt kein Wort. Im Gegenteil, seine himmelblauen Augen blitzen vergnügt.

»Ein dummer Kopf ist Er nicht«, sagt er zum Alten, der über seine eigene Courage ganz erschrocken ist. »Und seinem König hat Er immerhin ein Halbdutzend Soldaten geschenkt. Das verdient Anerkennung. Er wird von mir hören.«

Damit dreht er sich rum, steigt in seinen Kasten, und ab geht die Post. Der dämliche Leo blafft müde hinterher, einfach so, um mir und dem Alten zu imponieren.

Der hat andere Probleme. Kratzt sich am Schädel und humpelt nervös auf und ab. Während die Madame sich halbtot flennt und ihn beschimpft, er habe furchtbares Unglück über die Familie. gebracht.

Was meinte der König mit den Soldaten? Daß Sie alle sechs Söhne in den nächsten Krieg schicken müßte? Denn einen Krieg würde er doch wieder anzetteln, so wie sie ihn kenne.

»Weib, halt's Maul!« fährt der Müller sie an. Wütend schleudert er einen Lehmbrocken hinter mir her. Undankbarer Grobian! Wo ich doch den König zum Lachen gebracht habe!

Frühlingsgefühle

Es gießt, die Sonne lacht, Leo hat sein Zipperlein, auf dem kümmerlichen Rasen sprießen Veilchen und in Willys Gesicht ganze Regimenter von Pickeln. Vergnügt kullere ich durch die Gegend. Beziehungsweise so doll mit dem Kullern ist es auch wieder nicht. Tagtäglich muß ich mein Quantum an Mäusen erlegen, sonst setzt es Püffe und Hiebe. Harte preußische Zucht! Dabei hat der Alte allen Grund, zufrieden zu sein. Keine Reiter halten mehr vor der Mühle, keine weißen Blätter gehen mehr hin und her. Beziehungsweise – ein einziges, ziemlich dickes flatterte noch ins Haus, und danach hat der Alte wie ein Ziegenbock gemeckert und seine Kanne Bier auf einen Zug hinuntergestürzt.

»Jule, wir haben gewonnen. Die Mühle bleibt unser!« Dabei hat er seine Zetermadame auf den dicken Hintern geklopft. Aber die hat gar nicht mitgelacht, sondern auf ihren noch dickeren Bauch gezeigt und gejammert, daß sie dem König Fritz schon wieder einen Soldaten schenken müßte.

Was scheren mich die Menschensorgen! Voller Lust schmeiße ich mich auf den mickrigen Veilchenrasen, wetze meinen juckenden Pelz hin und her. Irgendwie ist mir so komisch zumute. Da liegt was in der Luft . . .

Liebesscharmützel

Blödsinn! Da lag nichts in der Luft, sondern etwas schob gelangweilt an unserem Zaun vorbei. Alwine, eine halbe Portion von einer Katzenmamsell. Was sage ich – halbe Portion? Kaum ein Fünftel. Die Rippen standen ihr gottsjämmerlich aus dem Leib, die Beine waren wie Trommelstöcke. Ein richtiger Klapperkasten. Trotzdem hatte sie was so Verführerisches im Schritt, daß ich ihr auf der Stelle folgen mußte.
Bis in den Wald bin ich ihr nachgerannt, obwohl es wiederum wie verrückt aus allen Richtungen ballerte, aber diesmal war mir das schnuppe. Das Jucken in mir war stärker, war kaum noch auszuhalten.
»Was haste denn im Gesicht?« lacht sie frech, als ich anfing, ein bißchen mit ihr zu spielen. »'nen Mehlfleck, hahaha. Hat deine Mama wohl vergessen, dir ordentlich die Nase zu putzen, du Säugling!«
Dabei schlenkerte sie mit den Rappelhüften. Obwohl sie ein wahrhaftes Bild des Jammers war, mir ging es durch und durch.
Na, ich hab' ihr ziemlich schnell bewiesen, daß ich kein Säugling mehr bin und auch keine Mama brauche, die mir die Nase putzt. Einen ganzen Tag und eine ganze Nacht »exerzierten« wir mit-

einander, trugen Scheingefechte aus und auch richtige. Hinterher jedenfalls war das Jucken weg.
Alwine leider auch. Wie vom Erdboden verschluckt.

Harte Fron

Das hat mich ziemlich nervös gemacht. Was sage ich – nervös? Gelitten habe ich wie ein Hund. (Obwohl ich bei meiner Seele nicht weiß, ob Hunde mehr leiden können als unsereins. Oder vielleicht doch. Leo jedenfalls krümmt sich immer ganz fürchterlich, wenn ihn der Alte mit Verachtung straft, während mich das völlig kaltläßt.)
Aber auch nicht zu lange. Denn dann kam Cäcilie und danach Berta, zwei kesse Marketenderinnen. Unsere märkischen Liebesnächte waren nicht ohne, meiner Treu! Die Zetermadame hat so manchen Eimer Wasser über uns ausgeschüttet. Alwine konnten mir die beiden trotzdem nicht ersetzen, so dürr, wie sie gewesen war, und so unersättlich!
»Mensch, Fritzi, schämste dich gar nicht? Ist ja deine Schwester!« feixt Willy, als er mich mit der sommersprossigen Berta sieht. Meine Schwester? Die vom Mühlbach? Da hat der Bengel, meiner Treu, aber seinen Vater, den groben Müller, schön hinters Licht geführt. Hätt' ich ihm gar nicht zugetraut! Brüderliche Gefühle kommen bei mir trotzdem nicht auf.

Spähtrupp

Alwine steckt mir weiterhin in der Nase. Ich muß sie aufspüren, unverzüglich. Vielleicht hat sie sich ja im Föhrenwäldchen verlaufen. Möglich ist alles.

Als der Alte mir wieder einmal besonders dumm kommt – seit er die Mühle behalten darf, ist seine Unverschämtheit ins Unermeßliche gestiegen –, mache ich mich auf den Weg. Diesmal kann mich kein Platzhirsch aufhalten und kein Geballer und schon gar nicht ein ängstlicher Meister Lampe, ohne Alwine kehre ich nicht zurück.

Rabenschwarze Nacht, die mich allerdings nicht weiter stört, verdächtige Geräusche da und dort und vor allem – Wurzeln, über die ich andauernd stolpere. Nicht gerade ein Honiglecken. Und jetzt – Potzblitz! Das hat mir gerade noch gefehlt – eine Stufe nach der anderen. Ich klettere eine Gartentreppe hinauf, höher und höher. Es will kein Ende nehmen.

Aber – was ist das? Mit einem Mal stehe ich vor einem großen vornehmen Haus, das hell erleuchtet ist, als schiene die Sonne darin. Lachen dringt aus den weitgeöffneten Flügeltüren, Klirren und Klappern. Und – hm – auch ein ganz besonders verführerischer Duft nach Gebratenem. So duftet es beim Müller nicht mal zu Weihnachten!

Vorsichtig – überall lauert der Feind – will ich die Lage erkunden, da fiept und schnieft es ganz fürchterlich neben mir. Wie erstarrt bleibe ich stehen. Eine Gestalt löst sich aus dem Dunkel. Das ist ja wohl nicht die Möglichkeit! Das dürrste Gestell, das mir je unter die Augen getreten ist. Dagegen war ja Alwine ein richtiger Mops.

Verstärkung

Aber was ist bloß los mit dem Knochengerüst? Der zittert ja, als hätten wir die Eisheiligen und nicht eine laue Juninacht. Trotzdem entflammt mein Herz auf der Stelle.
Leider steht meine Liebe auf ziemlich einsamem Posten. Der Magerhans fiept weiter und heult, zittert und klappert, als hätte er die galoppierende Schwindsucht. Feige scheint er auch zu sein, denn dauernd läuft er ins Haus zurück, holt schließlich ein zweites Knochengerüst zur Verstärkung. Gütiger Himmel, Donner und Blitz! Jetzt schnuppern gleich zwei so aufgeregte Zinshähne an mir herum. Riechen tun sie irgendwie wie Bello, aber das ist schon die ganze Ähnlichkeit mit dem zahnlosen Köter.
»Biche, Alkmene, *allez, allez!*« ruft da eine Stimme aus dem Hintergrund. Sie knarzt wie unser Wetterhahn. Die Stimme kenn' ich doch! Natürlich – der König Fritz.

SANS, SOUCI.

Rückzug

Durch die Tür tritt der kleine Herr, prächtig gekleidet in Blau und Gold, aber nicht mit den langen Botten an den Beinen, diesmal sind es Schnallenschuhe. Als er mich sieht, runzelt er die Stirn. Der kann wohl Katzen nicht leiden? In gemäßigtem Tempo – bloß keine Feigheit vor dem Feind – trete ich den Rückzug an, marschiere quer über die Terrasse. Da auf einmal lacht er laut.

»Ah, die Müllerkatze vom alten Vogel, *mon petit soldat.* Kann dein Müller aber von Fortüne reden, daß er seine Mühle behalten darf. Der Querkopf! Um seine Mühle herum habe ich meinen Garten gebaut, *oui, vraiment.* Wenn bloß das elende Geklappere nicht wäre, verdirbt mir die ganze *plaisir.*« Mit zusammengezogenen Augenbrauen greift er in seinen Samtrock, holt eine funkelnde Dose heraus, stopft sich ein braunes Pulver in die Nase.

Die Audienz ist beendet. Majestät ziehen sich zurück. Mit ihm – zu meinem größten Bedauern – auch die beiden Zitteraale. Einmal dreht sich der Dünnere von beiden noch um, da kommandiert der König: *»Biche, vous me suivez tout de suite. Entendu?«* Die Tür schlägt zu, die Stimmen werden leiser. Aber der Bratenduft hält sich weiterhin wacker.

Mißvergnügt bleibe ich auf der Terrasse zurück. Etwas fehlt mir. Es ist nicht der Braten und auch nicht der König und schon gar nicht Alwine, sondern – Biche.

Sternennacht

Selten bin ich mir so verlassen vorgekommen. Werde unangemessen sentimental. Über mir ein Himmel voller Sterne, um mich herum lauter süßer Duft von den komisch gestutzten Büschen und den Blumenrabatten, ein segelnder Mond. Weder Katzen-, noch Menschen-, noch sonst eine lausige Seele. Nur einmal erscheint ein zierliches Männeken in Kniehose und mit baumelndem Zopf, schließt die letzte Flügeltür. Dann erlöschen im großen Haus die Lichter.

Himmelherrgott! Und was ist mit mir? Leerer Magen und kein Platz, an den ich gehöre. Aber zur Mühle will ich auch nicht mehr zurück. Wer weiß, vielleicht treffe ich ja morgen wieder das schöne, nervöse Schnuppertier oder ergattere wenigstens ein Stück Braten.

Todmüde lege ich mich unter einen Busch in Kugelform, schmiege mich an das kühle Blättergewirr. Auf der Stelle fallen mir die Augen zu. Stille überall, selbst die Federbälge in ihren Nestern haben ihr aufgeregtes Gequatsche eingestellt. Wenn der Feind schläft, schlafe ich auch.

Attacke

Ich erwache von einem derben Schlag. Erschrocken starre ich auf eine Mannsgestalt in grober Jacke und mit wildem Bart, der mit dem Stiefel nach mir tritt. In der Hand hält er eine Schaufel.
Ist der des Teufels? Das traut sich ja inzwischen sogar der Müller nicht mehr oder höchstens, wenn er genügend Branntwein gezwitschert hat. Ich fauche den Grobian so ungnädig an, daß er erschrocken zur Seite springt und »Ist schon gut, Mistvieh, vermaledeites« murmelt. Unwirsch macht er sich an einer Rabatte mit blauen Blumen zu schaffen. Sind fast so blau wie die Augen vom König Fritz. Immer noch ganz dösig, recke und strecke ich mich, schüttle mir den Schlaf aus den Augen, da kommt der nächste Schreck. Ein dicker Wasserstrahl zischt auf mich nieder und noch einer und noch einer . . .
Es ist ein pausbäckiger pudelnackter Lümmel aus Marmor, der feixend in meine Richtung spuckt. Aber nicht nur der . . . Überall schießen Wasser aus dem Boden, nehmen exakt mich aufs Korn. So ähnlich muß es im Artilleriefeuer sein, von dem der Alte immer lamentiert. Wie ein Brummkreisel hüpfe ich durch die Gegend, pruste, schnaufe, ringe nach Luft. Himmel, Zwirn, wer treibt hier seinen gottverdammten Schabernack mit mir?

Da - ich glaub', mich laust der Affe - erspäh' ich den König Fritz. Den Kopf schiefgelegt, die Hand am Degen, beobachtet er mich aus spöttisch zusammengekniffenen Augen, lächelt. Neben ihm fiept Biche.

Waffenpause

Haltung bewahren! Eilig lecke ich mir den völlig derangierten Pelz, bringe mich notdürftig wieder in Façon. Daß mich der König in dieser despektierlichen Situation sieht, ist mir ziemlich egal, aber - Biche! Magerer und damit begehrenswerter denn je, wendet sie aufgeregt ihren schlanken Kopf hin und her, winselt. Für mich hat sie nicht den kleinsten Blick.
Das Desinteresse bleibt. Kaum ein Tag, an dem ich nicht auf den König und sein nervöses Gefolge stoße. Gemeinsam spazieren sie durch den Garten, wo niedrige Häuser ganz aus Glas und mit Blumen drin stehen, schnuppern an grünen Ranken mit ebenso grünen Trauben. Der König spricht mit dem groben Mann, ab und zu schnarrt er ein Kommando. Oder er beschwert sich, daß die Orangenbäume nicht richtig gegossen werden. Ohne ihn scheint gar nichts zu klappen.
Ich halte mich vorerst im Hintergrund. Muß erst mal ausbaldowern, ob das Terrain frei von Katzenkonkurrenz ist, bevor ich Biche mein Herz zu Füßen lege.

Schlachtplan

Hab' ich mir's doch gedacht! Drei rabenschwarze Kanaillen halten das Gebiet besetzt, schreien Zeter und Mordio, als ich nicht auf der Stelle das Hasenpanier ergreife.

Von wegen! Zwei Jahre knochenharter Drill (und das Tag für Tag) beim Müller haben mich praktisch unschlagbar gemacht. Ein Halbdutzend Schlachten, bei denen die Bagage Büschel von Haaren (inklusive ein halbes Ohr und eine Schwanzspitze) lassen, und der Schloßgarten von Sanssouci gehört ausschließlich mir.

Inzwischen ist es kälter geworden. Am Morgen liegt Reif auf den Blumen, der Rasen ist alles andere als kommod. Und die Nacht auf einem der Glasdächer verbringen? Nee, danke. Da frieren einem ja sämtliche Gedärme ein. An meinem Schnupfen doktore ich mehrere Tage herum.

Höchste Zeit, mit Biche Fühlung aufzunehmen. (Vielleicht daß sie mir im Schloß ein Quartier verschafft?) Selbst eine kurze Liaison mit der Gärtnerkatze – die ich danach gnadenlos vertreibe, obwohl sie drei Bälger auf die Welt bringt, eines davon schwarz und weiß wie ich – haben mich das süße Knochengerüst nicht vergessen lassen.

Ich rüste zum Angriff.

Gewimmer

Ich habe Glück, eine Flügeltür steht offen. Vorsichtig dränge ich meinen Kopf dazwischen – verdammt, es quietscht! –, schlüpfe hinein ins Schloß. Was für eine Pracht! So was hab' ich in meinem Leben noch nicht gesehen, schon gar nicht in der elenden Hütte vom Alten und auch nicht im Wald, wenn im Herbst die Bäume in Feuer stehen. Alles golden und orange und pfirsichfarben und an den Wänden Bilder von herrlich geschmückten Frauenzimmern, die honigsüß lächeln, und in den Ecken auf Podesten nackte Männer, denen die untere Partie fehlt. Wie abgeschnitten seh'n die aus. Von der Decke aber baumeln Glasranken mit Kerzen, dutzendfach, das blitzt und schimmert, daß es einem ganz schwummerig vor Augen wird.
Etwas anderes aber macht mich noch viel schwummeriger. Das sind gottserbärmlich schrille Töne, die aus dem Nebenzimmer kommen. Das reinste Höllentheater! Mir klingen die Ohren. Nichts wie in Deckung! Mit einem Satz bin ich unter dem pfirsichfarbenen Sofa, wobei ich mir eine ernsthafte Blessur über dem linken Auge zuziehe. Aufhören, aufhören! Das hält ja kein Mensch aus und ein empfindsames Katzentier schon gar nicht! Da schiebt sich ein dünner Kopf unter das Sofa, schnüffelt. Großer Gott – Biche!

Kapitulation

Doch anstatt die reizende Schnauze zu halten oder – noch besser – sich an mich zu schmiegen, fängt die anbetungswürdige Kreatur an zu singen. So falsch und so hoch, daß mir der Kopf schier zerplatzt. In welches Tollhaus bin ich bloß geraten?
Völlig enerviert verpasse ich Biche eins mit der Pfote, mache mich bereit zum Rückzug. Leider mitten hinein in die Arme von König Fritz.
In einem feinen Samtrock, mit Dreispitz, an dem jede Menge Federn baumeln, aber mit total abgelatschten Botten steht er plötzlich vor mir, läßt die himmelblauen Augen funkeln. In der Hand hält er einen dünnen silbernen Stock (Willy hat auch so einen, aber aus Weidenholz), dem er mit aller Macht diese verheerenden Töne entlockt. Donnerlittchen! Wahrhaftig ein Schinder, wie es überall von ihm heißt. Der malträtiert ja nicht nur seine Soldaten, sondern genauso das Gehör der unschuldigen Kreatur.
Nee, mit dem will ich nichts zu tun haben. Nichts wie weg. Aber – das Fleisch ist schwach. Zu meiner Schande muß ich gestehen: Ich erliege der Verführung des Hühnerflügels, den er mit spitzen Tabakfingern schwingt. Artig fresse ich dem König aus der Hand.

Französisiert

Hätt' ich wohl besser lassen sollen, denn damit ziehe ich mir die endgültige Feindschaft seines Augapfels Biche zu. Das schöne blöde Vieh! (Windspiel ist seine Artbezeichnung. Komisches Wort. Spielt der Wind nun mit ihm oder es mit dem Wind? Viel eher sollte sich die Anbetungswürdige mit mir beschäftigen.)

Ist völlig vernarrt in seinen Herrn, leckt ihm bei jeder Gelegenheit die Finger. Und einmal – ich dacht', mich trifft der Schlag – legt es ihm gar die Vorderbeine auf die Schultern (dem König Fritz traten die Tränen in die Augen). Zudem vergeht Biche fast vor Stolz, wenn er Französisch mit ihr parliert. Glaubt wohl, ich kapier' das nicht!

Natürlich kapier' ich's nicht, aber das binde ich niemandem auf die Nase. Jedenfalls finde ich es ausgesprochen albern, wenn der ganze Hofstaat französisch quatscht. Der König hat's so eingeführt (sein Deutsch ist hundsmiserabel, im Vertrauen gesagt), und alle halten sich sklavisch dran.

Seitdem der Zwerg aus Paris da ist, der giftige Voltaire, ist's gleich noch schlimmer. Da erlaubt der König kein einziges preußisches Wort mehr. Es darf nur noch genäselt werden. Je blasierter, um so besser.

GOETHE

Allez, allez

Mich kann der parfümierte Franzmann nicht leiden. Wirft mir dauernd scheele Blicke zu und versuchte mich mit seinen manikürten Händen aus der Bibliothek zu scheuchen – »ts, ts, ts« –, wo ich gerade fachgerecht ein Buch zerlegte (war gar nicht so leicht, meiner Treu!) Aber da kam er beim König Fritz schlecht an.

»Le chat est très intelligent. Il déteste Goethe comme moi. Götz von Berlichingen – quelle horreur!« schnarrte er und klopfte mir lobend den Pelz.

Gleich darauf steckte er seinen Habichtsschnabel in einen Racine, seine Lieblingslektüre.

Maliziös hob der Zwerg seine schiefe Schulter, murmelte etwas (natürlich auf Französisch), deutete dabei auf seine Hinterseite. Der ganze Hof lachte. Bis auf den König.

Am nächsten Tag mußte der Zwerg seine Koffer packen. War sowieso längst überfällig. Dauernd mokierte er sich über die Bilder im Speisesaal, die schnäbelnde Turteltauben, »exerzierende« Böcke und Weibsbilder, die in den Armen von Kerlen liegen, zeigen. Lästerte, bei unseren schönen Abendessen ginge es so philosophisch zu wie in einem Bordell. *Une impertinence!* Marsch, ab nach Frankreich!

Exerzieren

Ja, ja (oder *oui, oui*), ich hab' das Kunststück fertiggebracht, mich im Schloß einzuquartieren. Ein recht reputierlicher Aufstieg für eine Müllerkatze: von den Mehlsäcken und der Mäusebagage bis hin zu Marmorbüsten und Meißner Porzellan. *N'est-ce pas?*

Bin zwar bloß geduldet und darf offiziell nicht auf seidenen Kissen schlafen, so wie Alkmene und Biche, aber das gilt nur, wenn das Schloß voll von Gästen ist. Sind wir unter uns, gestattet mir der König alles, oder sagen wir mal – fast alles. Dafür muß ich mir auch gefallen lassen, daß er mir aus seiner mit Solitären besetzten Dose braunes Pulver in die Nase bläst, was mich ganz fürchterlich juckt und ihn ganz fürchterlich amüsiert. Und wenn er mißgelaunt ist – was an der Tagesordnung ist –, bin ich es, der ihn aufheitern muß.

»*Mimi* (das heißt wohl Kätzchen auf französisch), *mon petit soldat*«, sagt er dann und macht eine befehlende Geste. Das bedeutet, ich muß marschieren.

Also durchquere ich ein-, zweimal den Saal, in dem mir eigenen Schritt und Tritt, immer schön die Beine hoch, preußischer Stechschritt *par excellence.* Der König lacht, daß ihm die Tränen über die Backen rollen.

Festgelage

Lachend tätschelt er Biche, die – dieser Crétin! – ihn anbetend anstarrt anstatt mich, nimmt mit spitzen Fingern ein Stück Obst aus der silbernen Schale. »*Mon petit soldat, mon petit soldat. Comme tu me fais rire. Adorable!* Wenn ich an meinen Soldaten doch bloß auch soviel Freude hätte!«

Ich muß an den Müller denken und seine sechs, nee, jetzt wohl sieben Bälger. Steckt dem König gar wieder ein Krieg in der Nase? Kein Wunder bei dem ewigen Flötengezirpe und Französischparlieren, womit er seine Zeit vertrödelt. Krieg ist für ihn anscheinend dasselbe wie für unsereinen Mäusejagd.

Aber vorerst gibt es noch keinen Krieg. Dafür *formidable* Abendessen (Dîner sagt man hier dazu), Tag für Tag. Die goldenen Tische biegen sich unter den Köstlichkeiten – Forelle und Kapaun und leckere kleine Rebhühner und Hasenpastete mit würziger Kruste –, schmalhüftige Kerls in samtenen Kniehosen und mit weißen Handschuhen eilen *rapidement* (mein Französisch hat sich gewaltig gebessert, *n'est-ce pas?*) hin und her, sorgen für Nachschub.

Lauter vornehme Leute sind eingeladen. Fette Kammerherrn, zackige Generäle, aber auch hohlwangige Bürschchen mit fliegendem Haar, die schwärmerisch Verse zitieren und die größten

Portionen in sich hineinstopfen. Alle reden und lachen, der König voran. Da ist er richtig in seinem Element.

Strafmusik

Ich weiß auch, warum. Kaum sind nämlich die silbernen Platten leergeräumt, werden all die satten, schläfrigen Menschen in das Musikzimmer abkommandiert. Ein Konzert steht auf dem Plan. Was sage ich – eins? Es können auch drei oder vier werden, je nachdem. In diesem Punkt läßt der König keine Gnade walten. *Jamais.*

Und während er verzückt seine Flöte malträtiert, versinkt ein Gast nach dem anderen in tiefen Schlaf. Ein asthmatischer Kammerherr wagte kürzlich sogar zu schnarchen. Rrrr, rrr. So sägt nicht mal Leo.

Diese Art von Begleitmusik schätzt der König Fritz nun ganz und gar nicht. *Non, non.* Äußerst unsanft ließ er den Schnarcher hinauskomplimentieren. Am liebsten hätte er ihn wohl mit Stockhieben durch die »Gasse« geschickt.

Eins fällt mir auf: Frauenzimmer sind in Sanssouci nicht zugelassen. Ich hab' bisher nicht eine einzige erspäht. Sieht er bloß in der Ferne einen Unterrock, wird der König ganz *furieux.* Von seinem Eheweib, die irgendwo mutterseelenallein ihr Leben fristet, spricht er sowieso nur als der »dummen Kuh«.

Geschwisterzwist

Pardon, ich muß mich korrigieren, ein Unterrock ist inzwischen aufgetaucht. Aber es war nicht die »dumme Kuh« und auch keine von den lockeren Mamsells, die ab und zu um das Schloß streichen, sondern Amélie, des Königs Schwester. Die Ähnlichkeit zwischen den beiden ist *étonnant* (der gleiche Habichtsschnabel!), wenn die Madame auch sehr viel hübscher und gepflegter wirkt (sie hat keine braunen Sabberflecken auf der Brust und noch alle Zähne im Mund).

Hat ihr aber keinerlei Avancen gemacht, der König, oder sogar noch Schlimmeres, so wie ich damals aus Versehen meiner Schwester nachgestiegen bin (Sie erinnern sich?), sondern hat nur ganz *sérieusement* mit ihr gesprochen. Im Garten sind die zwei herumspaziert, Biche und Alkmene hinterher, während ich mich zwischen den Glashäusern sonnte.

Da hat *tout à coup* die Prinzessin in ihrem apfelgrünen Kleid heftig zu schluchzen angefangen. Gar nicht mehr beruhigen wollte sie sich. Das konnte der König nun *partout* nicht vertragen.

»Denken Sie immer noch an Trenck, die Canaille?« herrscht er sie an. »Jetzt, wo Sie Äbtissin sind? Der amüsiert sich längst am Zarenhof in Rußland. Mit anderen Weibern!«

Bienentöter

Gleich noch lauter hat sie geschluchzt, die Amélie, und die Hände vors Gesicht geschlagen. Neugierig bin ich nähergeschlichen. Bloß nicht zu *proche*, denn der König guckte, als wollte er auf der Stelle explodieren. Ich kenne das Gesicht. So guckt er immer, wenn er von diesem Trenck spricht. Der muß ihm mal einen *horrible* Streich gespielt haben. Ist aber, glaube ich, schon lange her.

Auf einmal sehe ich aus heiterem Himmel einen enormen Brummer im braunen Pelz akkurat Ziel auf den weißen Hals der schluchzenden Schwester nehmen. Wie ein Geschoß ist sie herangeschwirrt, die elende Mistbiene.

Hélas, ich starte eine Attacke, stürze mich todesmutig auf den Feind. Fazit: Biene erledigt – Äbtissin gerettet. Voller *tendresse* schließt sie mich in die Arme, obwohl es für ihren Hals – *je regrette beaucoup* – nicht ohne Blessuren abging (sie wird im Kloster noch länger an mich denken).

Amélie lächelt, der König tätschelt, Biche schnüffelt neidisch, Trenck ist vergessen.

Freude und eitel Sonnenschein im wundervoll blühenden Garten von Sanssouci (was, ich weiß es inzwischen, »ohne Sorge« heißt).

Klavierschlacht

Hoher Besuch hat sich angesagt: Ein Musikus namens Bach kommt nach Sanssouci. Ist das so ein Klimperer wie sein Sohn Carl Philipp Emanuel, der Tag für Tag auf den königlichen Fortepianos herumdonnert? Jedenfalls ist der König Fritz ganz aufgeregt. Seit Jahren wartet er auf den Mann aus Leipzig, jetzt endlich ist's soweit.

Auf der Stelle werden die Kronleuchter im Musikzimmer entzündet, als ein Lakai die Ankunft des Reisenden meldet. Der alte Bach – ein vierschrötiger, derber Mensch, ohne große höfische Finesse – kommt nicht mal dazu, seinen schlammbespritzten Rock zu wechseln (oder gar ein Stück Braten herunterzuschlingen), so *rapidement* komplimentiert ihn der König an die Fortepianos (also doch!).

Dort klimpert sich der Brave dann redlich ab, sehr lange, sehr wacker, und – sehr, sehr *ennuyant* (was auf gut preußisch »zum Mopsen langweilig« heißt). Das einzige, was die feierliche Stille ab und zu unterbricht, ist ein wütendes Magenknurren. Vom Meister höchstpersönlich.

Biche, nicht gerade mit großer *intelligence* gesegnet, richtet sich nervös auf, meint wohl, da sei Konkurrenz. »Pscht!« Der König, ungehalten über die Störung, drückt sie mit eiserner Hand nieder. Wie ein Schraubstock hält er sie fest. Was mir endlich, endlich die Okkasion verschafft, mich dem süßen Vieh zu nähern und sanft ihren herrlichen Rücken zu berühren. Oh, so fein wie Velours! Nein, feiner noch, wie Atlasseide. Ich möchte ihn gar nicht mehr loslassen, bette vorsichtig meinen Kopf darauf. So wird *finalement* auch für mich der Bach-Besuch zu einem unvergeßlichen Erlebnis.

Flötentöne

Der König ist ungehalten. Nicht weil Voltaire, *ce chacal,* von Frankreich aus schmutzige Jauche über ihn gießt, nicht, weil die Orangenbäume in seinem Garten nur kümmerlich blühen, nee, es hat mit seiner Flöte zu tun. Quantz, sein Lehrer, hat ihm eine neue verpaßt, und mit der kommt er ganz und gar nicht zurecht. »Das Ding ist nicht rein«, schnauzt er und schmeißt ihm die Flöte ihn. Quantz kann sie gerade noch auffangen, sonst hätte sie eine chinesische Vase zerdeppert.

»Majestät, ich glaube zu wissen, woran es liegt.«

»Warum spricht Er dann nicht? Muß ich Ihm Beine machen?«

»Wenn Eure Majestät doch vielleicht die Flöte, nachdem Sie gespielt haben, nicht immer am Fell des Mist ... pardon, des königlichen Katers abstreifen würde. Danach klingt sie unrein, weil sie ungleich erwärmt wird.«

»Red' Er keinen Unsinn.«
Ich kenne ihn gut, diesen Polterton.
Von nun an spielt der König auf einer anderen Flöte, tut, als wenn's den Quantz gar nicht mehr gibt. *Le pauvre* leidet Höllenqualen. *Une misère terrible.* In königliche Ungnade zu fallen, ist fast das gleiche, wie füsiliert zu werden.
Dann plötzlich wendet sich das Blatt, sprüht der König Fritz vor Liebenswürdigkeit. »Da, damit Er Seinen Kummer vergißt.« Er überreicht dem verdutzten Quantz eine Tabatiere. »Vielleicht hat Er ja tatsächlich recht. Katzenfelle sollen kranke Glieder wärmen, beileibe keine Flöte. *N'est-ce pas?*«
Er zwinkert mir mit seinen großen blauen Augen zu. Ich bin beleidigt. Von nun an werd' ich also nicht mehr mit dem Silberstock gekitzelt. Wo's mich doch so fürchterlich juckt von all dem Läusezeug!

Winterstellung

Schneeflocken tanzen in der Luft, lassen sich *partout* nicht von mir erhaschen. Die gleiche Misere mit den riesenhaften schwarzen Federbalgen, die unerlaubterweise die kahlen Blumenrabatten stürmen, sich die Seele aus dem Leib krakeelen. Ein eisiger Wind weht.
Das Schloß ist verwaist, der König in einem schwarzen Kasten

auf Rädern abgereist. Mit ihm der größte Teil seiner Dienerschaft. *Naturellement* auch Biche, was nicht gerade zu meinem Wohlbefinden beiträgt. Nicht mal verabschiedet hat sie sich von mir, die Bestie! Im Gegenteil. In einen albernen Mantel eingeknöpft, nahm sie neben dem König Platz, starrte hochmütig geradeaus, als tät' ich gar nicht existieren.
Keine Biche, kein König Fritz, keine köstlichen Dîners. Und weit und breit keine Katzenhur', die mich trösten könnt'. Bloß Johann, der Lakai, den ich *quelquesfois* auf der Terrasse herumstolzieren seh'. Aber dem tu' ich nicht schön, damit er mir vielleicht die Tür zum Schloß aufmacht, kommt nicht in die Tüte. Schwänzelt viel zu sehr um den König herum, der Perückenstock, stinkt dazu *terriblement* nach Parfum.
Lausige Zeiten! Bleibt nichts übrig, als in die Mühle zurückzukehren. Laut dringt das Klappern zu mir herüber, weckt richtige Heimatgefühle. Vielleicht, daß Willy mir Winterquartier bietet.

Rückkehr

Der *pauvre* Willy! Hat nicht nur das gleiche verpickelte Gesicht wie ehedem, sondern noch dazu einen ganz krummen Buckel vom Säckeschleppen. Außerdem nicht unbedingt die besten Nerven, denn er flennt los vor Rührung, als ich mit einem Mal vor ihm steh'.

»Menschenskind, Fritzi, daß du noch lebst! Herrgott! Und so'n feines Fell, wohnst jetzt wohl bei richtigen Herrschaften. Gib bloß acht auf den Vater, zieht dir sonst eins über mit dem Riemen. Kann Ausreißer auf den Tod nicht leiden, kommen bei ihm gleich nach Vaterlandsverrätern. Wo biste nur gewesen, Fritzi?«
Ja, wo wohl? Lustlos ziehe ich mich in die Mühle zurück, wo's noch genauso rumpelt und rattert wie ehedem, die Mäusebagage sich aber inzwischen verdutzendfacht hat. Schändliche Verhältnisse! Marschieren mir im wahrsten Sinne des Wortes auf der Visage herum. Himmelherrgott! Muß ich mich denn um alles kümmern?
Die ganze Nacht über bin ich im Einsatz. Das feine Hofleben hat mir nicht geschadet, *au contraire*. Von fünfzehn Mäusen lege ich dem Müller am nächsten Morgen Stücker zehn vor die Tür, akkurat nebeneinander, quasi vor seine Füße!
Den Rest gönn' ich mir selbst. Hab' ich ja wohl auch verdient bei der Rackerei! Von wegen Riemen! Als der Alte die Bescherung sieht, murmelt er was Unverständliches in seinen Bart, kippt aber später wie zufällig einen Rest Milch vor mir aus. *Voilà*. Oder auf gut preußisch: siehste. Der backt inzwischen auch schon kleinere Baguettes (pardon, Schrippen).
Zwischen Leos grindigen Pfoten (der sentimentale Kerl bringt sich vor Wiedersehensfreude fast um, genauso wie Paulchen, der klapprige Mülleresel) schlafe ich mich aus, träume von seidenen Kissen und einem Seidenfell. Nein, zur Müllerkatze taug' ich wirklich nicht mehr.

Königliche Visite

Gebrülle, Geschimpfe, heftige Stimmen. *Mon dieu!* Gibt's denn niemals Frieden in diesem Land! Auf meinem Streifzug durch alte Gebiete – süße Erinnerungen an Alwine erwachen – werd' ich gräßlich aufgeschreckt. Neugierig schleich' ich näher.
»Kartoffeln sollt Ihr anpflanzen, Ihr vermaledeiten Esel«, lamentiert eine Stimme, die mir sehr vertraut ist. »Hab' ich das nicht oft genug gesagt? Kartoffeln und Lupinen, Kartoffeln vor allem. Aber was baut Ihr? Nichts wie ordinäre Rüben, alle Äcker voll. Soll Euch Euer König den vermaledeiten Hintern verdreschen?«
Ein Stock bewegt sich hin und her, ein dünner Zopf flattert im Wind. Ich erkenn' den König Fritz. Er ist zu Fuß, allein, nicht mal von seiner nervösen Gefolgschaft, von Biche und Alkmene begleitet. Um ihn herum krümmen eine Handvoll Bauern ihre windschiefen Buckel.
»Und was tut Ihr gegen die Viehseuche?« examiniert er streng, die Gichtfinger in die Krücke verkrallt.
»Dagegen g . . . g . . . gebrauchen wir K . . . K . . . Küchensalz«, stößt ein dummer Bursch hervor. Ich kenn' ihn, das ist der blöde Kalle, Willys Kumpane.
»Küchensalz?« Der König schnaubt. »So ein hirnverbrannter

Blödsinn! Steinsalz müßt ihr nehmen, aber dem Vieh so hinhängen, daß es daran lecken kann. Kapiert?«
Da sieht er mich, und sein Gesicht verklärt sich *au moment.* Es ist, als wenn die Sonne aufgeht. »Mimi, du schamlose Person *sans morale.* Hast gegen mich konspiriert, *n'est-ce pas?* Nein, das tut meine Mimi nicht, die niemals. Gehört ja nicht zu meinen Generalen. Aber gefehlt hast du mir trotzdem, Racker, sehr sogar. Marsch, marsch nach Hause, ich riech' den Rehbraten bis hierher.«
Brav trotte ich hinter ihm her, im gleichen Schritt und Tritt. Aber es war dann nur ein ganz ordinärer *lapin,* dazu mit Pfeffer verdorben. Trotzdem bin ich froh, wieder daheim zu sein.

Miese Zeiten

Wie die Zeit vergeht! Nun bin ich bereits im siebten Jahr im Dienst des Königs Fritz. Das heißt, nur im Sommer. Die Wintersaison verbringt er in der Hauptstadt Berlin bei Bällen und Militärparaden, während ich mich in die Mühle zurückziehe. Aber es gibt auch Sommer, wo der König überhaupt nicht auftaucht. Die ganze Gegend ist dann leer von Männern und jungen Burschen, die Frauen laufen mit verheulten Augen herum, jede Menge Rotznasen am Schürzenzipfel, und die Mühle klappert nur ein paar Stunden am Tag. Es ist nämlich Krieg.

Biche, *le bijou*, darf mit in den Krieg ziehen. Ja, *vraiment,* in der Tat. Der König will auch fern der Heimat nicht auf seinen Augapfel verzichten. So nimmt er ihn mit hinein ins Getümmel, sozusagen als *bagage.*
Nun weiß ich ja nicht so genau, was Krieg überhaupt ist. Die größte *merde* der Welt, hat Gustav, der Müllerknecht, der inzwischen bloß noch ein Auge hat, gesagt und dabei bitterböse gelacht.
Und der Madame vom Müller haarklein expliziert: kontinuierliches fürchterliches Geknalle, so wie im Herbst in unserem Wäldchen, nur noch viel schlimmer. Und eine Masse Blut und schreckliches Jammern, und dazu Trommelwirbel, damit man das Geknalle und Jammern nicht so hört.
Und Biche mittendrin? Herrjemine, ich versteh' den König nicht. Was der sich so unter *amour* vorstellt?!

Vermißt

Hab' ich mir's doch gleich gedacht. Es hat Biche erwischt. Ob sie richtig mausetot ist, weiß ich nicht, jedenfalls ist sie mit dem König nicht aus dem letzten Krieg heimgekehrt. Vom Feind konfisziert, heißt es offiziell.
Ziemlich *malhereux* ist er ja, der König, als er ohne seinen Liebling ins Schloß einzieht. Freilich, Alkmene ist bei ihm und noch

so ein fipsiger Nachwuchs-Kümmerling, aber das kann ihn auch nicht trösten. Und mich noch viel weniger.

»Mimi«, sagt er nachdenklich zu mir, während er sich eine Prise Schnupftabak in die Nase stopft – und dabei das halbe Parkett verkrümelt. »Mimi« (dieser Satz ist historisch verbürgt), »vor dir steht ein Mann, der entschlossen ist, freiwillig keine Katze

mehr anzugreifen. Der Ruhm des Soldaten macht sich aus der Ferne recht schön, aber durch wieviel Jammer und Elend wird er erworben. Und jetzt meine arme Biche!«

Ich höre vor allem Katze, finde es *très noble,* daß er speziell von unsereins spricht. Begeistert schmeiße ich mich ihm vor die Füße, recke alle vier Pfoten in die Luft. Sieht richtig devot aus, *ce geste,* aber im Augenblick ist mir danach.

Der König weiß das zu würdigen. Ergriffen zieht er mich auf seinen Schoß (das erste Mal!), füttert mich mit Schokoladetäfelchen, so wie er das immer mit Biche tat. Davon kann ihn auch Johann nicht abhalten, und wenn er uns hundert Mal mit scheelem Blick umkreist. Im Gegenteil – das Bürschchen wird rüde hinauskomplimentiert. (»Scher Er sich zum Teufel!«)

Gemeinsames Leid verbindet. So kaue ich tapfer *le chocolat*, obwohl mir – im Vertrauen gesagt – Aalpastete um vieles lieber wäre.

Lesestunde

Nun ist das allergrößte *miracle* passiert. Ich hab' es noch immer nicht richtig verdaut. Biche ist zurückgekehrt und das ohne ein einziges gekrümmtes Haar. Aber lassen Sie mich der Reihe nach erzählen.

Ich ruhe – mein neuer Ehrenplatz – auf den Knien des Königs,

schmiege mich in die abgeschabte Zobeldecke, ein Geschenk der russischen Zarin. Uns gegenüber leiert Monsieur Dantal ellenlange Episteln aus einem uralten französischen Buch herunter, eine Aufgabe, für die er viel(zuviel)e Golddukaten einsteckt. *Une grande merde* (pardon!), finde ich. *Une grande catastrophe,* findet der König, denn permanent korrigiert er die Aussprache des schwitzenden Monsieur, gerät immer mehr in Rage. Die Situation spitzt sich zu. Gleich wird er zum Stock greifen, ich seh's ihm an, dem König Fritz. Nachlässigkeiten kann er nun mal partout nicht leiden, schon gar nicht bei seinen Bediensteten. Aber nein, noch streichelt er mich zärtlich mit seinen knotigen Händen, was mein Wohlbehagen um Beträchtliches erhöht.

Surprise

Da – ich zucke erschrocken zusammen – saust mit einem Mal etwas Goldfarbenes durch die offene Tür. Ein Eichhörnchen? Ein Sonnenstrahl? Nein, Biche! Magerer und damit *plus adorable que jamais.* Mit einem Satz ist sie beim König Fritz, legt ihm die Vorderbeine um den Hals, fiept zum Gotterbarmen.
Der Dummkopf Dantal hat sie daran hindern wollen, aber da hätten Sie mal den König sehen sollen. Ganze Gewehrsalven schießen seine blauen Augen, krach, bum bum, tätärätätä.

Gleich darauf füllen sie sich mit Wasser. Wasser, das langsam über seine Backen rinnt.
Streichelstunde beendet. Vorrangstellung adieu. Ich bin wieder ins zweite Glied zurückgedrängt. *C'est la vie.* Resigniert schleiche ich in den Garten, während die beiden Wiedersehen feiern. Und der König denkt wohl das erstemal nicht gar so wütend an seinen Feind, der ihm immerhin seinen Liebling – requiriertes Kriegsgut – zurückgeschickt hat.

Veteran

Alt ist er geworden, der König Fritz (und ich mit ihm). Deshalb nennen ihn jetzt auch alle den »Alten Fritz«, außerdem spricht man von ihm als »eine Legende« (was ist das?). Im Schloß trägt er keine prächtigen Gewänder mehr aus Samt und Seide oder gar Federn am Hut, sondern seinen uralten vollgesabberten Uniformrock, dazu vergilbte Botten, die oben mit einer Strippe zusammengehalten sind. *Pas très élégant.* Die Zähne sind ihm endgültig alle ausgegangen, aber Tabak schnupft er mehr denn je. Auf seinen Krückstock gestützt, hinkt er durch die Säle, sucht partout jemanden, den er verdreschen kann.
Gestern war es ein *pauvre* Lakai, der es wagte, einen Unterrock in den Schloßgarten zu lassen, und davor ein Hufschmied, den er beim Kaffeetrinken erwischte (war von diesen französischen

Kaffeeschnüfflern, die sich neuerdings im Land herumtreiben, wohl übersehen worden). Das darf nur er höchstselbst, der König, höllenstarken Kaffee, gemischt mit *champagne* und – entsetzlich! – Pfefferkörnern. Hilft angeblich gegen seine Fußgicht.

Urwaldgeschrei

Menschen kann der König überhaupt nicht mehr leiden (»Kanaillen, die kein Schuß Pulver wert sind«), nur noch die Kreatur. Nach seinen Affen und dem Dromedar, das auf seiner Reise von Berlin nach Sanssouci immer seine sämtlichen Schnupfutensilien tragen mußte, hat er sich jetzt einen zigeunerbunten Papagei zugelegt.

Eine schreckliche *bête,* dieser Coco. Marschiert quer über die Seidenstühle, säuft vom *champagne* und krakeelt einem die Ohren voll. Hab' ihn ein bißchen zur Räson gebracht, *le salaud,* indem ich ihn – nur so aus *plaisir* – ein paarmal die Fenster hochjagte, nicht ohne ihn vorher unsanft zu zausen. Hat mich, im Vertrauen gesagt, ziemlich aus der Puste gebracht.

Jetzt – auweh – sind die Vorhänge voller Löcher (und die Kissen voller gelber Federn). Das Schlimmste aber: Coco plärrt mehr denn je. Klingt wie im Urwald. Kann sich gar nicht mehr beruhigen. Reine Hysterie!

Aber der König zuckt nur mit den Schultern. Er hat andere Sorgen. Mit den Bauern zum Beispiel, die nichts zum Essen haben und ihm in Scharen die Bude – will sagen das Schloß – einlaufen.

Bittgesuche

Mit denen ist er sogar ganz *gentil,* kehrt nicht die Majestät heraus. Aber wenn ihm die sogenannten feinen Herrschaften mit ihren Lappalien in den Ohren liegen, wird er ungehalten. Oder zieht mitten im Gespräch eine Schere heraus und fängt an, sich in aller Ruhe die Nägel zu schneiden. Oder bückt sich nach mir, der ich ihm voller Ergebenheit eine Zwölf-Zoll-Ratte (Schwanz inbegriffen) vor die Füße lege, zieht mich sanft an den Ohren. Ich schnurre begeistert. Ronronron . . .

»Was?« bellt er gleich darauf los, »der Herr Rittmeister will zurück in die Armee, weil ihm seine reiche Heirat fehlgeschlagen ist. Was Himmelherrgott denkt Er sich? Die Armee ist kein Bordell, wo man herein- und herausläuft wie's einem beliebt, *entendu?* Hinaus!«

Nach einem kurzen Mittagsschlaf macht er sich an die Stöße Briefe, die ihm der Sekretär jeden Morgen auf den Arbeitstisch legt. Ein Schluck von seinem höllenschwarzen Kaffee und seine Augen funkeln kriegerisch. »Angst hat das Frauenzimmer, die von Schlabrendorff, daß ihr Sohn bei der Kavallerie seinen Hals riskiert«, grollt er in Richtung meiner Person und Biche, die mißbilligend hüstelt. »Die dumme Pute. Der werd' ich schreiben: Ihre Exzellenz können beruhigt sein. Einen Kornett und

eine Katze kann man von einem Turm herabwerfen, sie brechen sich nicht gleich den Hals. Hahaha.«

Einen grimmigen Humor hat er, der König, das muß man ihm lassen. Biche, ganz *grande dame,* rückt auf der Stelle von mir ab, dem übel verspotteten Kater. Da kann ich nicht anders, ich muß dem sensiblen Wundertier zur Strafe die märkische Ratte vor die Nase schleudern. *Voilà!* Mit einem Wehlaut sinkt sie zusammen.

Verlust

Unsere Gegend ist längst nicht mehr die, die sie mal war. Sachsen und Böhmen haben das Land überschwemmt, verpesten es mit ihrer horriblen Sprache und – den mitgebrachten Katzen. Vier Wochen, meiner Treu, brauchte ich insgesamt, bis ich den Schloßgarten wieder gesäubert hatte. Sämtliche Ausländer hab' ich zum Teufel gejagt (bis auf eine kleine Böhmin *très drôle*, mit der ich mich kurzzeitig – und zugegeben etwas kurzatmig – vergnügte).

Lenkte mich ein bißchen ab von meinem Kummer mit Biche. Hüstelt und fiept, *la belle,* will nichts mehr fressen. Wenn sie nicht von Natur aus zittern würd', man könnte meinen, die schüttelt das Fieber. Ein *docteur* wird aus Potsdam herankommandiert, aber zu spät.

Biche entschläft in den Armen des Alten Fritz, ohne – wie könnte es anders sein – mir einen letzten Blick zu schenken. *La grande tragédie de ma vie.*

Trauergang

Der Alte Fritz ist untröstlich. Läßt seinen angebeteten Liebling im Schloßgarten beisetzen, wo schon ein paar Dutzend ihrer Kameraden ruhen, die Alkmene *très jolie* ist auch darunter. Gemeinsam spazieren wir jeden Nachmittag dahin, der König und ich, nur wir beide. Betrachten die Täfelchen mit den vielen Namen, atmen den Duft von Hibiskus und Levkojen, lassen uns vom Sturm umtosen. In der Ferne gewittert es.

»Was macht Er da?« ruft der König einem Gärtner zu, der an einer Marmorstatue herumputzt.

»Majestät, mit den Jahren haben die Dinger Moos angesetzt, ganz verrottet sehen sie aus. Da kratz' ich sie jetzt mal gründlich ab.«

»Laß Er das«, schnarrt der König zurück. »Gewöhn Er sich beizeiten, daß wir alle verwittern. *N'est-ce pas, Mimi?*«

Gerade will ich mich ihm gehorsam zu Füßen setzen, da faßt mich eine Sturmböe, trägt mich davon. Ich weiß gar nicht, wie mir geschieht. Mit voller Wucht knalle ich *exactement* gegen die Marmorstatue, an der August, der Gärtner, herumputzt. Die Bäume ächzen ringsherum, biegen sich voller Trauer. Vor meinen Augen tanzen Sterne.

Beinah-Tod

Am lautesten ächzt der König.

»*Qu'est-ce que c'est avec Mimi, mon petit Mimi?*« ruft er erschrocken, humpelt mir, auf seinen Krückstock gestützt, nach. Der Dreispitz ist ihm vom Kopf geflogen. Im selben Moment kracht genau dort, wo er gerade stand, ein Ast von einem Apfelbaum, ein Riesenkaliber, legt sich quer über den Weg. Äpfel rollen in alle *directions.*

»O Gott, Majestät!« stammelt August.

Aber die niest ihn an: »Schweig Er und kümmere sich um die Katze, aber ein bißchen plötzlich.« Dem Ast gibt er einen wütenden Tritt.

Mir wird schwarz vor Augen, alles tut mir weh. Mühsam versuche ich zu gucken und – gucke genau in die Augen vom Alten Fritz. So blau wie der Himmel in den Pfützen oder wie Vergißmeinnicht sind sie nicht mehr, eher trübe wie Milch, aber das gefällt mir noch besser. Mir wird gleich leichter, die Schmerzen nehmen ab.

»Mimi«, flüstert der König mit zahnlosem Mund. Tabak krümelt auf mich herunter. »Du hast deinem König das Leben gerettet, brave Kreatur. Reiß' dich jetzt zusammen und werd' wieder gesund! *Entendu?*«

Zweisamkeit

Was soll ich sagen? Ich hab' dem Befehl des Königs gehorcht, so wie sich das für einen anständigen Preußenkater gehört, bin wieder genesen. Lang hat's gedauert, und Blessuren sind auch geblieben. Eine schauerlich zusammengeflickte *créature*, die Mimi oder der Fritzi. Jetzt lahme ich genauso wie mein Herr, der Alte Fritz (nur daß mir der Krückstock fehlt). Gemeinsam humpeln wir durch die Säle, wo trotz des vermaledeit kalten Sommers kein Kaminfeuer brennt, machen unsere *promenade* unter den Orangenbäumen.

Die Lakaien tuscheln: »Jetzt hat der König endlich sein Ebenbild gefunden.« Ist nur *jalousie,* weil der König nicht mal dem hübschesten von den Kerls einen müden Blick schenkt, denkt nur an seine Feinde ringsum und die Zukunft Preußens. Müssen keine schönen *pensées* sein, denn seine *visage* fällt immer mehr zusammen, ist nur noch ein paar Pfoten voll.

Der einzige, mit dem ich seine Gunst teile, ist der Schimmel Condé. Ein wackerer Kerl mit ordentlicher Courage. In der Tat! War mit dem Alten Fritz zusammen im Krieg und zuckt nicht mit der langen Wimper, wenn ich mich an seinem *queue* hinaufziehe, um auf seinem Rücken zu schlafen. Ist anständig warm im Stall, kein Vergleich mit der Marmorkälte im Schloß.

Auf Condé galoppiert der König täglich anderthalb Stunden, selbst wenn ihn die Glieder noch so schmerzen und es tote Hunde (Biche, pardon!) vom Himmel gießt. Ich beziehe inzwischen Wachposten am Fenster, nicke immer wieder ein.

Silence

»Von welchem räudigen Löwen stammt der Zahn?« beliebt der König zu scherzen, als ihm ein *docteur* aus Berlin Löwenzahn verschreibt. Ist ein fürchterlicher Geck, der Doktor, mit gekräuselten Schläfenhaaren und schneeweißem Spitzenjabot. Neben ihm sieht der Alte Fritz aus wie ein *vagabond* oder, schlimmer noch, wie vom Galgen geschnitten.

Aber es ist eben der König, und wenn er auch ein sehr malader ist, immer noch hat er das Kommando. Deshalb schmeißt er auch den *docteur* raus, weil der ihm nicht gegen die Gicht helfen kann, will mit mir zusammen seine Ruhe haben.

An der Wand tickt die Uhr, der Kammerhusar ist neben dem Bett eingeschlafen. Die Türen stehen offen, draußen palavert ganz ungeniert die Dienerschaft. Disziplin ist da nicht mehr viel vorhanden. Wir sind ganz allein in unserer *petit monde.* Vorsichtig versuche ich auf die Beine des Königs zu kriechen, aber die sind dick geschwollen. Ich rutsche immer wieder ab. Da mach' ich es mir auf seiner Brust *comfortable.*

»Das Vieh erstickt Seine Majestät!« Der Kammerhusar, aus seinem Dusel erwacht, will mich mit seinen derben Händen fortschlagen. Aber der König schenkt ihm einen solchen Blick, daß er zusammenzuckt. Nur – so *comfortable* ist es gar nicht auf

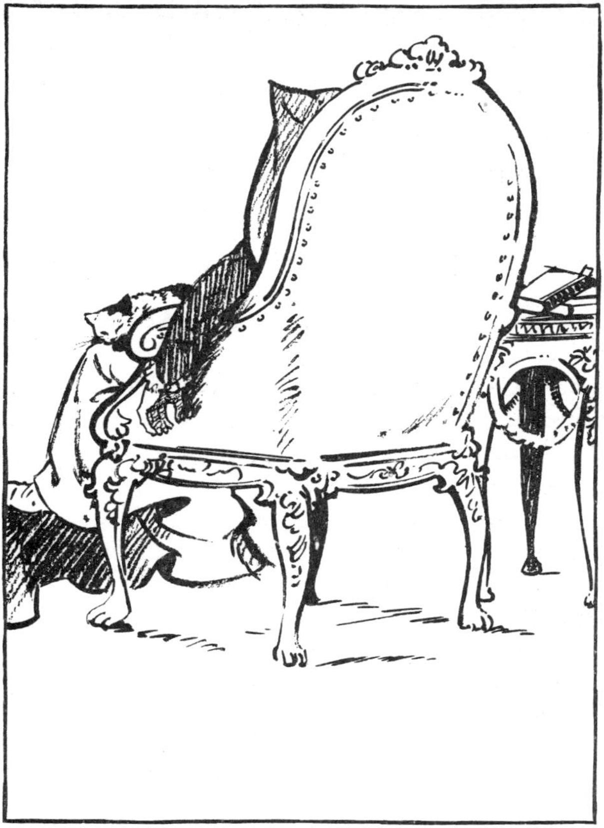

der königlichen Brust. Dauernd wird sie von Hustenstößen geschüttelt.
»So helf Er mir doch!« fährt der König den tumben Toren an. Der beugt sich hastig über uns, faßt den König um die Schultern. Was mir endlich die *occasion* verschafft, ihm von mir aus eine anständige *claque* zu verabreichen. Als Revanche. Hat immer gegen mich konspiriert, der Strutzki. Er wagt nicht zu protestieren, harrt wacker aus. Auf einmal gibt es keine Hustenstöße mehr. Alles ist mucksmäuschenstill.
Himmlische *silence!* Zufrieden strecke ich mich auf der braungesabberten Hemdenbrust aus, für mich der schönste Ort der Welt. Wenn es nur immer so bleiben würde . . .

Knaur

Annemarie Schoenle

(1632)

(3136)

(1637)

(2915)